PREMIÈRE VENTE DE M. L. JOLY

Vente du Vendredi 18 Novembre 1910

HOTEL DROUOT — SALLE N° 9

N° 28 du Catalogue

AQUARELLLES
&
DESSINS
MODERNES

Mᵉ ANDRÉ DESVOUGES   M. LOYS DELTEIL

N° 113 du Catalogue.

CATALOGUE

DES

AQUARELLES

&

DES

DESSINS

MODERNES

Formant la première Vente de M. L. JOLY

Nº 70 du Catalogue.

Dont la vente aura lieu
à Paris, HOTEL DROUOT, Salle Nº 9
Le Vendredi 18 Novembre 1910
à 2 heures précises

Par le Ministère de Mᵉ ANDRÉ DESVOUGES

COMMISSAIRE-PRISEUR

26, Rue de la Grange-Batelière

Assisté de M. LOYS DELTEIL, Artiste-Graveur, Expert
2, Rue des Beaux-Arts

CONDITIONS DE LA VENTE

Elle sera faite au comptant.

Les adjudicataires paieront *dix pour cent* en sus des enchères.

M. Loys Delteil remplira les commissions que voudront bien lui confier les amateurs ne pouvant y assister.

MM. les amateurs pourront visiter la collection, 2, *rue des Beaux-Arts*, du Vendredi 11 au Mercredi 16 Novembre 1910, de 2 h. à 5 heures, (le *dimanche excepté*).

Toutes les aquarelles et dessins, sauf les nos 15, 23, 24, 26, 28, 29, 34 à 40, 63, 70 à 77, 79 à 82, 107 à 113, 115, 120 à 122, 129 à 131 et 133 du catalogue, sont encadrés.

N° 14 du Catalogue.

DÉSIGNATION

ABBEMA (Louise)

1. Son propre Portrait. A la plume. Signé.

H. 125. L. 100.

ANONYME

2. Les Gagnards de l'Hôtel-Dieu. Aquarelle.

H. 290. L. 190.

BAFFIER (Jean)

3. Satyres et Bacchantes. Fusain. Signé.

L. 460. H. 245.

BÉRAUD (Jean)

4. En Promenade. Plume et sépia. Signé.

H. 275. L. 185.

BESSON (Faustin)

5. Madeleine et Augustine Brohan. Deux dessins au crayon noir, légèrement rehaussés de pastels. Signés des initiales.

H. de chaque dessin 210. L. 150.

BIENVENU (A.)

6. Ancienne cour de la Préfecture de Police, 8bre 1873. Aquarelle. Signée et datée.

L. 350. H. 250.

BONVIN (F.)

7. Tête d'enfant. Crayon noir, avec rehauts. Signé. Encadré.

H. 125. L. 120.

BOUCHARDY

8. Portrait d'Homme. Au crayon noir. Signé et daté : 1832.

H. 275. L. 215.

BOUGUEREAU (attribué à William)

9. Jeune fille en Buste. Crayon noir avec rehauts de pastels. Signé W. B.

L. 590. H. 480.

BOUQUET (Michel)

10. Crépuscule. Sépia. Signée.

L. 245. H. 170.

BUTIN (Ulysse)

11. Sur la Grève. Aquarelle. Signée et datée : 1882

L. 425. H. 280.

CHINTREUIL (Ant.)?

12. Ruines d'un Château. Fusain. Signé.

L. 260. H. 190.

COLLIN (Raphaël)

13. La Liseuse. A la plume, rehaussé d'aquarelle. Signé.

H. 340. L. 280.

DAUBIGNY (C. F.)

14. Souvenir de l'Ile Séguin? Plume et mine de plomb. Sous-verre.

L. 185. H. 120.

DEVERIA (Eug.)

15. Portrait d'Homme. Crayon noir rehaussé de pastel. Signé et daté : 1842.

H. 420. L. 305.

16. Les Contrebandiers. Sépia rehaussée d'aquarelle. Signée.

H. 315. L. 235.

ENSOR (James)

17. La Princesse au Sabbat. Crayon noir avec rehauts de pastels. Signé.

L. 400. H. 340.

FRANÇAIS (F. L.)

18. L'Estacade. Aquarelle. Signée et datée 1845.

L. 270. H. 185.

FRANCIA

19. Pont St-Pierre, à Calais. Aquarelle.

L. 222. H. 170.

GEOFFROY (Jean)

20. L'Enfant soldat. Encre de chine et gouache. Signé.

H. 200. L. 160.

21. Ronde d'Enfants. Encre de chine et gouache avec légers rehauts. Signé.

H. 185. L. 145.

22. Projet de Programme. Mine de plomb et encre de chine, rehauts de gouache. Signé.

H. 225. L. 158.

23. Projet de Menu. Encre de chine et gouache. Signé.

H. 250. L. 190.

24. Bal costumé d'Enfants. Encre de chine et gouache. Signé.

H. 260. L. 190.

GÉROME (J. L.)

25. Têtes d'arabes. Crayon noir.

H. 175. L. 135.

GUDIN (Th.)?

26. Gros temps. Fusain avec rehauts de blanc. Signé.

L. 340. H. 210.

GUILLAUMIN (A).

27. La Tour Eiffel et le Trocadéro vus des berges de la Seine. Crayon noir, lavé d'aquarelle. Signé.

L. 300. H. 230.

HEIDBRINCK

28. A la devanture de L. Joly. Dessin lavé d'aquarelle. Signé.

L. 247. H. 165.

29. Chez le marchand de tableaux. Crayon rehaussé de pastel.

L. 250. H. 165.

30. Au Bois de Boulogne. Pastel. Signé.

L. 340. H. 260.

31. Sous les ombrages. Pastel. Signé.

H. 335. L. 350.

32. Projets d'avenir. Aquarelle. Signée.

H. 257. L. 195.

33. Femmes artistes. Crayon noir, rehauts de pastels. Signé.

L. 305. H. 230.

34. A la Fête des Fleurs. Aquarelle. Signée.

H. 260. L. 200.

35. Ebauche d'idylle. Aquarelle. Signée.

H. 315. L. 215.

36. Ebat. Crayon noir et sanguine. Signé.

L. 330. H. 200.

37. L'Indifférente. Crayon noir. Signé.

L. 280. H. 250.

38. Au Pont des Invalides, 1897. Crayon noir. Signé.

L. 308. H. 240.

39. Les Nourrices. Aquarelle. Signée.

L. 245. H. 160.

40. La Berge du Pont-Royal vue du parapet. Aux crayons de couleurs. Signé.

H. 495. L. 320.

41. La Liseuse, pour l'Affiche du *Rire*. Pastel. Signé.

H. 700. L. 530.

42. Bouquinistes. Aquarelle. Signée.

L. 430. H. 275.

43. Scène de baigneuses. Aux crayons de couleurs.

L. 395. H. 260.

44. Types de causeurs. Crayon noir rehaussé de couleurs.

L. 400. H. 305.

45. Pêcheurs parisiens. A la plume, lavé d'aquarelle. Signé.

L. 292. H. 220.

46. Les Amoureux. Aquarelle gouachée. Signée.

H. 445. L. 295.

Nº 6 du Catalogue.

47. La Ronde. Aquarelle. Signée.

L. 430. H. 275.

48. Le Jeu de Ballon, Pastel. Signé.

L. 430. H. 275.

49. Offrande. Pastel. Signé.

H. 525. L. 430.

50. Chez le Commissaire. Crayon noir, rehaussé d'aquarelle.

L. 400. H. 310.

51. La Lettre. Aquarelle avec rehauts de pastels.

H. 230. L. 160.

52. Chez le Marchand de tableaux. Aquarelle. Signée.

L. 315. H. 240.

53. Les Baigneuses, pastel inspiré de Lancret.

L. 415. H. 280.

54. La Seine, vue d'un balcon du quai des Orfèvres. Crayon noir. Signé.

L. 480. H. 320.

55. Pêcheurs sur le quai de la Monnaie. Aquarelle. Signée.

L. 265. H. 205.

56. Pêcheurs de la Seine, à Paris. Aquarelle. Signée.

L. 265. H. 205.

57. Femme nue et Amour. Aux crayons de couleurs. Signé.

L. 320. H. 245.

58. Flaneurs sur les berges de la Seine, à Paris (Pont de la Concorde). Aquarelle. Signée.

L. 260. H. 205.

59. Le Pêcheur de bouchons, à Paris. Aquarelle.

L. 265. H. 205.

60. Causerie sur la berge, à Paris. Aquarelle.

L. 262. H. 205.

61. La Dormeuse, composition inspirée de Jollain (XVIIIe siècle). Pastel.

L. 255. H. 180.

62. *Habillez-vous richement*. Crayon noir. Signé.

L. 310. H. 250.

63. Les Pêcheurs de la Seine, à Paris. Crayon noir. Signé.

L. 310. H. 235.

64. En Chemin de fer. Crayon noir. Signé.

L. 470. H. 310.

65. Dans le Parc. A la plume, lavé d'aquarelle. Signé.

L. 255. H. 200.

66. Promenade au bord de l'eau. Aquarelle. Signée.
L. 265. H. 205.

67. Au Bois. Aquarelle. Signée.
L. 475. H. 310.

68. Jeune Fille sur la terrasse. Aquarelle. Signée.
L. 472. H. 310.

69. L'Equipage emporté. Aquarelle.
L. 388. H. 335.

70. Les Bouquinistes des quais de Paris. Crayon noir. Signé.
L. 317. H. 238.

71. Rue St-Jacques. Crayon noir. Signé.
L. 295. H. 225.

72. Quai des Gds-Augustins. Crayon noir. Signé.
L. 320. H. 245.

73. Embarcadère du Pont Royal. Crayon noir, avec légers rehauts. Signé.
L. 295. H. 222.

74. Rue de l'Eperon. Crayon noir. Signé.
H. 300. L. 230.

75. La Tapisserie. Aux crayons de couleurs. Signé.
L. 310. H. 230.

76. Le Portrait. Crayon noir. Signé.

77. Croquis pris à l'Hôtel Drouot, 38 croquis réunis en 1 album in-8, cart.

JACQUE (Ch.)

78. Gardeur de porcs. Crayon noir.
L. 245. H. 165.

JANSEN (Dirk)

79. L'Abside de Notre-Dame de Paris. Aquarelle. Signée.
L. 435. H. 320.

80. Rue Grenier-sur-l'Eau — Rue St-Jacques. Deux aquarelles. *Signées*.

81. La Route au bord de l'eau. Aquarelle. Signée.

JEANNIOT (G.)

82. Illustration pour Tartarin. A la plume. Signé.

H. 215. L. 185.

JULIEN-LALOUE (S.)

83. Le B⁰ S¹ Martin sous la neige. Aquarelle. Signée.

L. 340. H. 230.

LAUTREC (H. de Toulouse) — LEANDRE (C.)

84. A la Brasserie — Type de Femme, deux croquis crayon noir et encre de chine, dans le même cadre. Signés.

LEBOURG (A.)

85. Rue de Village. Dessin lavé d'aquarelle. Signé.

H. 255. L. 180.

LEMAIRE (Madeleine)

86. Son propre Portrait. A la plume. Signé des initiales.

H. 145. L. 118.

MONNIER (Henry)

87. Portrait d'Homme. Signé et daté : 1862. Mine de plomb.

H. 230. L. 155.

88. Frédérick Lemaître et sa Femme. Encre de chine avec rehauts de bistre et de gouache. Signé et daté : 1859.

H. 200. L. 135.

MONNIER (Henry)?

89. Son portrait, jeune. Crayon noir. Dédicace de Mᵐᵉ Vᵛᵉ Portalez-Bremens.

H. 180. L. 145.

MORIN (Edmond)

90. A la Fenêtre. Aquarelle. Signée et dédicacée à « sa petite amie ».

H. 205. L. 135.

NIEL (E.)

91. Une Ville de Province. Aquarelle. Signée.

L. 195. H. 145.

NOEL (L.)

92. Marines : gros temps — La Vague. Deux fusains
formant pendants. Signés.

L. (de chaque dessin) 415. H. 265.

PALIANTI

93. Cascade sous bois. Aquarelle gouachée. Signée.

H. 260. L. 200.

94. Coucher de Soleil. Aquarelle. Signée.

L. 330. H. 215.

PILLE (Henri)

95. Son propre Portrait. A la plume. Signé.

H. 205. L. 165.

96. Un Géant parut dans l'assemblée... A la plume.
Signé.

H. 285. L. 220.

97. Un Valet portait kiki. A la plume. Signé.

H. 305. L. 205.

98. Deux Étudiants les rejoignirent... A la plume.
Signé. Encadré.

H. 305. L. 225.

99. Le Chevalier infligeait à son écuyer le supplice de
Tantale. A la plume. Signé. Encadré.

H. 260. L. 225.

100. Avoue que Naïva est ici! A la plume. Signé.
Encadré.

H. 240. L. 195.

101. Il se fit présenter par le Comte de Ragore. A la
plume. Signé. Encadré.

H. 250. L. 175.

102. On arrivait en vue d'une assez grande maison. A
la plume. Signé.

H. 300. L. 225.

103. Le soir, Julien prenait sa mandoline. A la plume. Signé.

H. 285. L. 190.

104. L'officier lui perça la tête d'une balle. A la plume. Signé.

H. 255. L. 220.

105. Ils parvinrent en vue du port. A la plume. Signé.

H. 280. L. 190.

106. Deux objets différents étaient placés devant l'officier. A la plume. Signé.

H. 290. L. 225.

107. Le Chevalier piqua vers la melonnière. A la plume. Signé.

H. 275. L. 220.

108. Julian s'adossa contre la porte. A la plume. Signé.

H. 240. L. 195.

109. Le père de Daniello les prit dans sa gondole. A la plume. Signé.

H. 285. L. 190.

110. Il suivit un sentier qui montait. A la plume. Signé.

H. 235. L. 170.

111. Le Repas. A la plume. Signé.

H. 245. L. 175.

112. Scène humoristique. A la plume, lavé d'aquarelle.

L. 340. H. 215.

113. Colasse amena la reine Zénobie. A la plume. Signé.

H. 315. L. 230.

RAFFAELLI (J. F.)

114. Notre-Dame, vue du Marché aux Pommes. A la plume, rehaussé de crayons de couleurs. Signé.

L. 315. H. 225.

115. Chemineau. Crayon et plume avec rehauts. Signé.

H. 320. L. 240.

RIVIÈRE (Henri)

116. Vue prise à Flegatin, 1896. Pochade à l'huile. Signée.

L. 260. H. 215.

ROBIDA (A.)

117. L'Accusateur. Plume et encre de chine avec rehauts de gouache. Signé.

H. 270. L. 180.

118. Les Arbalétriers. Plume et encre de chine avec rehauts de gouache. Signé.

H. 230. L. 185.

Nº 88 du Catalogue.

119. Une Facétie. A l'encre de chine, avec rehauts de gouache. Signé.

H. 235. L. 180.

120. L'Etrange attelage s'arrêta devant le Coq Hardi. A la plume, lavé d'encre de chine. Signé.

H. 225. L. 185.

121. Tu me parais sur le chemin de la perdition. Plume et encre de chine, avec rehauts de gouache.

H. 220. L. 185.

122. Les Cuisiniers, scène du moyen-âge. Plume et encre de chine, rehauts de gouache. Signé. Encadré.

H. 250. L. 185.

ROCHEGROSSE (G.)

123. Son propre Portrait. Crayon noir. Signé des initiales.

H. 195. L. 180.

124. Type mérovingien. Au crayon noir. Signé.

H. 235. L. 180.

SERVIN (Abel)

125. Souvenir de Villiers, 4 avril 1875. Crayon noir avec légers rehauts. Signé.

H. 420. L. 280.

SINET

126. Femme au boa. Pastel. Signé. Sous verre.

H. 370. L. 285.

TISSOT (J.)

127. Deux études pour le Christ. Encre de chine avec rehauts, signés.

H. de chaque dessin 270. L. 180.

VALETTE (René)

128. Cheval et chiens de chasse au repos à l'orée d'un bois. Aquarelle. Signée.

L. 340. H. 250.

VERNIER (Emile)

129. La Plaine. Fusain. Signé des initiales.

L. 325. H. 210.

VOGLER (Paul)

130. Marine. Crayon rehaussé d'aquarelle. Signé.

L. 282. H. 195.

131. Barques de pêche en mer. Crayon noir rehaussé
  d'aquarelle. Signé.

L. 220. H. 145.

WILLETTE (Ad.)

132. Je suis Baron, la chasse, pour moi, est toujours
  ouverte. Crayon noir. Signé. Sous verre.

H. 305. L. 260.

YVON (Adolphe)

133. Etudes de soldats. Dix-neuf dessins.

ZIEM (Félix)

134. En vue de Venise. A la plume. Signé.

L. 270. H. 135.

N° 132 du Catalogue.